Coordinación editorial: Mª Carmen Díaz-Villarejo
Diseño de colección: Gerardo Domínguez
Maquetación: Espacio y Punto, S.A.
© Del texto: Roberto Aliaga, 2009
© De las ilustraciones: Claudia Ranucci, 2009
© Macmillan Iberia, S. A., 2009
   c/ Capitán Haya, 1 - planta 14. Edificio Eurocentro
   28020 Madrid (ESPAÑA). Teléfono: (+34) 91 524 94 20

www.macmillan-lij.es

Primera edición: marzo, 2009
Segunda edición: mayo, 2010
ISBN: 978-84-7942-388-9
Impreso en Gráficas Estella (España) / Printed in Gráficas Estella (Spain)
Depósito legal: NA-1242-2010

GRUPO MACMILLAN: www.grupomacmillan.com

ESTE LIBRO PERTENECE A:

Roberto Aliaga

EL CAMIÓN
DE PAPEL

Ilustración de
Claudia Ranucci

MACMILLAN
Infantil y Juvenil

Una vez, hace mucho tiempo,
llegó a Villasilla un señor
que tenía cara de cartón.
Se llamaba Uriel
y conducía un camión de papel.
Un camión pequeñito y azul,
como la gorra y los ojos de Uriel.

Nada más llegar, Uriel se fue a ver al alcalde.

Se presentó en su despacho, y con su acento extranjero le dijo:

—Me gustaría saber… si me puedo quedar con el papel.

—Pero ¿qué dice usted?
–respondió el alcalde dando un salto
del sillón–. ¿No sabe lo que dice,
o es que habla sin pensar?
    Rojo como un tomate
y ayudándose con los dedos,
el alcalde comenzó a enumerar:
    —¿Y con qué envolveremos
los regalos de cumpleaños?
¿Dónde escribiremos la carta a los Reyes Magos?
¿Qué haremos sin libros para leer?
Y, lo que es peor, ¿con qué fabricaremos
los aviones de papel?

—Noooo, señor alcalde…
–dijo Uriel, retorciendo su gorra azul
entre las manos–. Si yo solo quiero el papel
que ya no sirve para nada.
El que está en la basura.
¡Nadie lo echará en falta!

—¡Usted está majareta, mi acartonado
amigo! –sentenció el alcalde, dando gritos–.
¡El papel de Villasilla se queda donde está!
¡Nadie se lo va a llevar!
¡Y no me interrumpa más, que soy el alcalde
y tengo asuntos que tratar!

Pero Uriel, que de verdad
estaba un poco majareta,
no podía darse por vencido.
Necesitaba el papel de la basura
a toda costa.
Y si el alcalde no se lo quería dar…,
lo tendría que robar.

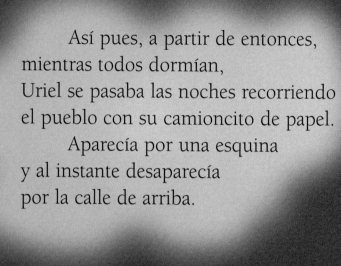

Así pues, a partir de entonces,
mientras todos dormían,
Uriel se pasaba las noches recorriendo
el pueblo con su camioncito de papel.
Aparecía por una esquina
y al instante desaparecía
por la calle de arriba.

Iba cantando en voz baja.
Con una mano
llevaba el volante.
Y con la otra, dirigía un enorme
cucurucho de cartón conectado
a su camión…

¡Porque el suyo era un camión aspiradora!
Y con él, en un momento,
Uriel iba recogiendo todos los papeles
que había tirado por el suelo:
diarios viejos, envoltorios de caramelo,
entradas de circo, listas de la compra,
sellos usados o cartones del bingo.
Y después, una por una, Uriel buscaba
papel en las bolsas de basura.

Cuando amanecía,
Uriel se escondía.
    Pensaba que si no le veían, nadie se
enteraría.

Pero algo había cambiado:
el pueblo estaba impecable.
«¡Qué buen trabajo!
—le decían al alcalde—.
¿Quién es el que barre?»
«Todo está tan limpio…
¡Da gusto ir al parque!»

Así que al alcalde se le posó
una mosca detrás de la oreja.
Él no había contratado ningún barrendero,
porque el Ayuntamiento no tenía dinero.
¡Quien barría era él!
La mosca le dijo al oído:
«¿No habrá sido Uriel?
¿No será cosa de este hombrecito
extranjero que tiene
un camión de papel?»

El alcalde-barrendero,
que también era el policía,
se puso la gorra y aquella noche
se quedó vigilando en la comisaría.
    No quitaba los ojos de la calle,
asomándose por la ventana.
Ni siquiera pestañeaba.

Cuando apareció Uriel,
cantando canciones en su camioncito
de papel, el alcalde-policía se levantó
de un salto, cogió su ciclomotor
y salió tras él.

«¿Y para qué querrá nuestro papel?»,
se preguntaba el alcalde,
siguiendo a Uriel.
    «¿Será para hacer fuego,
y calentarse con él?
¿O se lo zampará como almuerzo?
¿O tal vez se dedique a hacer pajaritas
y cigüeñas de papel?»

El camioncito, junto al muelle,
se metió en un almacén.
El alcalde aparcó su ciclomotor
junto a la pared, y sin hacer ruido,
en un susurro, se fue tras él.

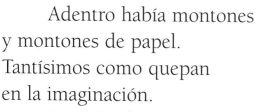

Adentro había montones
y montones de papel.
Tantísimos como quepan
en la imaginación.
De todos los tamaños...
De todos los colores...
De todas las naciones...

Uriel se bajó del camión.
Pulsó un botón, y un montón
de máquinas de cartón
se pusieron a funcionar:
traca-traca-traca-tron.

Había cintas que transportaban papeles
en todas las direcciones.
Había una noria de papeles.
Una montaña rusa que los iba distribuyendo
de aquí para allá...
¡Y hasta un ventilador que los hacía volar!
Era como si, de repente,
se hubiera puesto a nevar.

Y Uriel, que llevaba unas gafas de papel,
caminaba felizmente por el almacén.
Se sumergía entre los papeles.
Los miraba. Los acariciaba…
Parecía, en cierto modo,
que buscara una aguja en un pajar.

El alcalde se acercó hasta él.
Le tocó en un hombro,
y con voz solemne le dijo:
    —Si no es molestia…,
¿me podrías explicar qué es todo esto?
¿Y dónde está tu licencia?
    Uriel se quedó boquiabierto,
y su boca dejó de cantar.
    Ni se esperaba encontrar allí
al alcalde vestido de policía…,
ni sabía qué contestar.

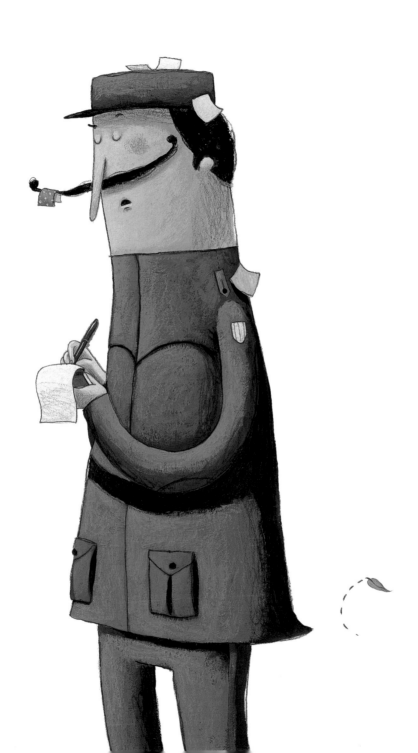

—Las locuras son difíciles
de explicar –dijo Uriel.
El alcalde miró su reloj:
—Tenemos tiempo de hablar.
No empiezo mi siguiente trabajo
hasta la hora de desayunar.

Se acomodaron en un rincón
del almacén, donde Uriel tenía
una pequeña habitación.
En ella todo era de papel:
las sillas, la mesa,
y hasta el colchón.

—Me dedico a revisar el papel.
Llevo muchísimo tiempo buscando algo…
—¿Algo?
—Sí… Puede ser una carta
de despedida escondida entre la basura.
O una factura que acabó
en una papelera cualquiera.
O un libro viejo
del que ya nadie se acuerda.
O la hoja de un calendario
del mes de marzo…
que el viento se llevó arrastrando.
»Incluso podría ser todas
las cosas a la vez.

—Entonces…, ¿no sabes lo que buscas?
–preguntó el alcalde, desconcertado.

Uriel asintió con la cabeza.

—Sí… Pero para saber
si lo he encontrado,
primero he de coger el papel y limpiarlo.

Uriel estaba a punto de echarse a llorar.
Su carita acartonada comenzó a temblar:

—El país del que vengo estaba lleno
de árboles. Y una vez, yo fui árbol también.
Pero un buen día
empezaron a cortarnos.
A nadie le importó un pimiento…,
y el país se convirtió en un desierto.

 El alcalde le miraba en silencio.
De vez en cuando se rascaba la cabeza.
Uriel continuó diciendo:
—Por eso limpio el papel,
con la esperanza de encontrar
a los que un día me dieron sombra:
mis vecinos…, mis amigos…,
los árboles que vivían conmigo.

El alcalde señaló
a las montañas de papel
y preguntó:
    —¿Y has tenido suerte
alguna vez?
    Uriel negó con la cabeza,
mordiéndose los labios.

—Siempre son de otros países…,
y hablan otras lenguas…,
pero en cierto modo
es como si me reencontrara
con los de mi tierra.
Cuando limpio papel
es como si ese árbol,
en algún sitio,
volviera a nacer.

—¿Y después de limpiarlo,
qué haces con él?
          Uriel se encogió de hombros:
          —Lo seco, lo peino
y le pongo colonia…
Y después lo llevo a la escuela,
para que los niños dibujen
y hagan sus tareas.
          »Tan solo me quedo con las letras.
Las guardo en estos cajones.
Cuando estoy aburrido
compongo canciones.

—Pero no se enfade conmigo
por robar su papel… –suplicó Uriel–.
Mañana me iré de Villasilla.
Hay tantos pueblos donde buscar…
que no me puedo quedar por mucho tiempo.

Así es mi vida. Voy y vengo.

El alcalde le cogió una mano
y le dijo:
    —Querido Uriel, si tus vecinos
y amigos pasan por este pueblo,
serás el primero en saberlo.
¡Te doy mi palabra!

Y al día siguiente, el alcalde
ordenó poner en la plaza de Villasilla
un contenedor, azul como la gorra
y los ojos de Uriel,
para que la gente fuera dejando en él
toda su basura de papel.